눈물이, 부질없는 눈물이

눈물이, 부질없는 눈물이

A. 테니슨

·

이상섭 옮김

민음사

금 간 담벽에 핀 꽃.
틈바귀에서 너를 따내어
여기 뿌리째 손에 들고 선다.
작은 꽃이여, 그러나
뿌리째 전부 네가 무언지
알 수만 있다면
신과 사람도 무언지 알 수 있으리.
──「금 간 담벽에 핀 꽃」 전문

차례

CONTENT

차례

CONTENT

눈물이, 부질없는 눈물이

바다 이무기[1]

깊은 바다 벼락치는 파도 밑
깊디깊은 해저에서 이무기는
아무도 깨우지 않는 오랜 잠을
꿈도 없이 자고 있다. 어둑한 옆구리에
보일 듯 말듯 햇살이 비끼고
몸 위로 천 년 묵은 해면이 부풀어 있다.
흐린 빛 속 깊숙이 오묘한 동굴과
신비의 암굴들에서 수많은
거대한 문어들이 잠든 진초록 물을
큰 다리로 흔들어 놓는다.
이무기는 수백 년을 거기 엎드려 잠자며
큰 바다 벌레를 잡아먹어 살찌다가

1) 여기 나오는 이무기는 서양에서는 크라켄이라 하는 전설적인 괴물
로 바닷속 깊은 곳에 있다고 한다. 시인은 이 괴물을 사람의 깊은 무
의식에 대한 상징으로 사용하고 있다. 사람의 무의식은 사람이 타고
나는 원죄가 묻혀 있는 장소이다. 원죄는 최후의 심판(마지막 불)에
이르러서야 드디어 표면화되어 소멸한다는 것이다. 그러나 원죄라는
이무기는 다만 혐오스러운 존재에 불과한 것이 아니라 그 스스로 거
대한 신비를 가진 매혹적인 존재이기도 하다. 이 시를 발표했을 때
21세였던 젊은 시인은 전설의 그 괴물에게 왜 그토록 끌렸을까? 원
죄는 본능적 욕구가 아닐까?

12

The Kraken

Below the thunders of the upper deep,

Far, far beneath in the abysmal sea,

His ancient, dreamless, uninvaded sleep

The Kraken sleepeth: faintest sunlights flee

About his shadowy sides; above him swell

Huge sponges of millennial growth and height;

And far away into the sickly light,

From many a wondrous grot and secret cell

Unnumbered and enormous polypi

Winnow wit giant arms the slumbering green.

There hath he lain for ages, and will lie

Battening upon huge sea worms in his sleep,

마지막 불에 바다가 더워질 때에
비로소 사람과 천사에게 모습 드러내어
울부짖으며 솟아올라 물 위에서 죽으리라.

Until the latter fire shall heat the deep;

Then once by man and angels to be seen,

In roaring he shall rise and on the surface die.

연꽃 열매 따먹는 사람들[1]

육지 향해 가리키며 율리시스가 말했다.
〈용기 내라. 솟구치는 이 물결이
이제 곧 해안으로 우리를 실어간다.〉
오후에 그들은 뭍에 닿았다.
언제나 오후 같은 기이한 세상.
피곤한 대기가 섬 주위에 맥을 잃고
지루한 꿈 꾸듯 무거운 숨소리
만월은 계곡 위에 소리없이 떠 있고
흘러가는 연기처럼 가냘픈 개울은
절벽 따라 쉬엄쉬엄 내리는 듯.

개울물의 대지! 흐르는 연기처럼
엷은 비단 베일 천천히 드리우는 개울,
흔들리는 빛과 그림자 사이로 흘러
잠자는 거품의 수면을 일렁이었다.

---

1) 호메로스의 「오디세이아」에 보면 율리시스가 부하들과 함께 항해하다가 어떤 섬에 도착하였는데, 그 섬에는 연꽃 열매를 먹고 세상의 근심을 다 잊은 사람들이 살고 있었다고 한다. 율리시스의 부하 중 몇 사람도 그 마술의 열매를 받아 먹고 고향도, 의무도 잊는다. 테니슨은 예술의 마력에 의해 인생고를 벗어날 꿈을 잠시 꾼 듯하다.

The Lotos-Eaters

"Courage!" he said, and pointed toward the land,
"This mounting wave will roll us shoreward soon."
In the afternoon they came unto a land
In which it seeméd always afternoon.
All round the coast the languid air did swoon,
Breathing like one that hath a weary dream.
Full-faced above the valley stood the moon;
And, like a downward smoke, the slender stream
Along the cliff to fall and pause and fall did seem.

A land of streams! some, like a downward smoke,
Slow-dropping veils of thinnest lawn, did go;
And some through wavering lights and shadows broke,
Rolling a slumbrous sheet of foam below.

내륙에서 바다로 빛나며 흐르는 강.
저 멀리는 태고의 눈으로 뒤덮인
말없이 선 세 봉우리 황혼에 물들었고,
나부끼는 물방울에 촉촉이 젖어,
얽힌 숲 위로 솟은 검은 소나무.

붉게 물든 서녘 하늘 가장자리에
저녁해는 혼 빠진 듯 머뭇거리고,
갈라진 벼랑 사이 멀리 보이는
종려수 둘러싸인 금빛 들판과 계곡
키 높은 풀 자라는 초원과 굽은 구릉
언제나 변함이 없는 듯한 별천지!
장밋빛 황혼에 검은 얼굴 창백한
유순한 눈빛의 구슬픈 족속
연꽃 먹는 사람들 배 주위로 모이네.

꽃과 열매 가득 달린 마술의 가지
그들은 들고 와서 열매를 따주었다.
그것을 받아서 맛본 사람은

18

They saw the gleaming river seaward flow

From the inner land; far off, three mountaintops

Three silent pinnacles of aged snow,

Stood sunset-flushed; and, dewed with showery drops,

Up-clomb the shadowy pine above the woven copse.

The charméd sunset lingered low adown

In the red West; through mountain clefts the dale

Was seen far inland, and the yellow down

Bordered with palm, and many a winding vale

And meadow, set with slender palingale;

A land where all things always seemed the same!

And round about the keel with faces pale,

Dark faces pale against that rosy flame,

The mild-eyed melancholy Lotos-eaters came.

Branches they bore of that enchanted stem,

Laden with flower and fruit, whereof they gave

To each, but whoso did receive of them

거친 파도 소리 아련히 들려
머나먼 피안에서 우짖듯 하고,
친구의 말소리도 무덤 속 소리처럼
가늘게 들렸고, 활짝 깨어 있어도
깊은 잠에 빠진 듯. 가슴 속 맥박은
고요한 음악 되어 귓결에 울렸다.

바닷가의 노오란 모래밭 위에
해와 달 사이에 주저앉아서
조국과 아이를, 아내와 노예를
꿈꾸듯 생각하기 달콤하였다.
고달픈 바다와 고달픈 삿대,
황량한 거품의 방황의 벌판
모두 다 역겹게만 느껴졌다.
「돌아가지 맙시다」고 한 사람 말하니
모두 함께 합창한다. 「우리 고향 섬나라는
파도 넘어 저 먼 곳, 이제 방랑은 그만두세」

And taste, to him the gushing of the wave
Far far away did seem to mourn and rave
On alien shores; and if his fellow spake,
His voice was thin, as voices from the grave;
And deep-asleep he seemed, yet all awake,
And music in his ears his beating heart did make.

They sat them down upon the yellow sand,
Between the sun and moon upon the shore;
And sweet it was to dream of Fatherland,
Of child, and wife, and slave; but evermore
Most weary seemed the sea, weary the oar,
Weary the wandering fields of barren foam.
Then some one said, "We will return no more";
And all at once they sang, "Our island home
Is far beyond the wave; we will no longer roam."

합창

1

풀 위에 나부끼는 장미 꽃잎보다도,
어두운 절벽 사이 빛나는 물길에
고요한 물에 나린 밤이슬보다도
더 곱게 나리는 음악이 여기 있네.
피곤한 눈 덮는 피곤한 눈꺼풀보다
더 살며시 영혼에 와서 나리네.
하늘에서 달가운 잠 가져오는 음악 소리.
서늘한 이끼풀이 깊숙한 여기,
담쟁이가 이끼 속에 숨어서 기네,
긴 이파리 꽃들은 개울 속에 울고
양귀비꽃 잠들어 시렁바위에 걸렸네.

2

침울한 기분으로 눌릴 까닭도

Choric Song

1

There is sweet music here that softer falls
Than petals from blown roses on the grass,
Or night-dews on still waters between walls
Of shadowy granite, in a gleaming pass;
Music that gentlier on the spirit lies,
Than tired eyelids upon tired eyes;
Music that brings sweet sleep down from the blissful skies.
Here are cool mosses deep,
And through the moss the ivies creep,
And in the stream the long-leaved flowers weep,
And from the craggy ledge the poppy hangs in sleep.

2

Why are we weighed upon with heaviness,

날카로운 아픔으로 속 썩일 것 없어라.
피로를 모르고 만물은 쉬는데.
만물은 쉬는데 우리만 왜 일할까?
만물의 영장인 우리만 수고하며
슬픔에서 슬픔으로 뒹굴면서
영원한 한숨을 짓고 있구나.
한번도 날개를 접지 않고서
방랑을 조금도 멈추지 않고
성스런 잠의 향유(香油)에 이마 적실 줄 모르네,
〈고요밖에 즐거움은 없다〉고 하는
나 또한 영혼의 노래 들을 줄 모르네,
만물의 영장이 왜 수고만 하는가!

3

보라! 숲 가운데 접힌 나뭇잎
가지 끝에 바람이 사랑 속삭여
살며시 봉오리를 벗어 나와서
푸르고 넓게 자라 근심 없구나.

24

And utterly consumed with sharp distress,

While all things else have rest from weariness?

All things have rest: why should we toil alone,

We only toil, who are the first of things,

And make perpetual moan,

Still from one sorrow to another thrown;

Nor ever fold our wings,

And cease from wanderings,

Nor steep our brows in slumber's holy balm;

Nor harken what the inner spirit sings,

"There is no joy but calm!" —

Why should we only toil, the roof and crown of things?

3

Lo! in the middle of the wood,

The folded leaf is wooed from out the bud

With winds upon the branch, and there

Grows green and broad, and takes no care,

낮에는 태양 볕에 젖어서 살고
밤에는 달빛 속에 이슬 머금고.
노란 낙엽 되면 공중을 떠돈다.
보라! 여름빛으로 향기 담뿍 받아
과즙 넘치는 사과가 무르익어서
고요한 가을 밤에 절로 떨어진다.
만물은 접지된 세월이 있어
꽃은 제자리에서 꽃을 피우고
피고 지고 떨어지니 수고가 없다.
풍요한 흙 속에 뿌리박은 채.

4

검푸른 바다를 드높이 덮은
검푸른 하늘이사 보기 싫어라.
인생의 종말은 죽음인 것을,
어찌하여 인생을 고역으로 보낼까!
우리를 버려두라, 시간은 쏜살 같다.
이제 곧 우리 입술 잠잠하리라.

Sun-steeped at noon, and in the moon

Nightly dew-fed; and turning yellow

Falls, and floats adown the air.

Lo! sweetened with the summer light,

The full-juiced apple, waxing over-mellow,

Drops in a silent autumn night.

All its allotted length of days

The flower ripens in its place,

Ripens and fades, and falls, and hath no toil,

Fast-rooted in the fruitful soil.

4

Hateful is the dark blue sky,

Vaulted o'er the dark blue sea.

Death is the end of life; ah, why

Should life all labor be?

Let us alone. Time driveth onward fast,

And in a little while our lips are dumb.

우리를 버려두라, 무엇이 영원하리?
우리가 가졌던 것 다 없어지고
지겨운 과거의 유물이 되었어라.
우리를 버려두라, 악과 싸운들
무슨 재미 맛볼 수 있단 말인가?
파도 위에 기어올라 평화 누리나?
만물은 말없이 무덤 향하여
천천히 익어서 떨어져 사라진다.
긴 안식 또는 죽음, 암흑의 죽음,
또는 꿈 가득한 안락을 달라.

5

흐르는 냇물 소리 들으면서
반쯤 감은 눈으로 반쯤 꿈에 잠겨서
잠자듯이 산다면, 얼마나 달가울까!
산 위의 향유나무 감싸고 도는
저 담황색 빛처럼 꿈만 꾼다면!
서로들 속삭이는 말소리 듣고,

Let us alone. What is it that will last?

All things are taken from us, and become

Portions and parcels of the dreadful past.

Let us alone. What pleasure can we have

To war with evil? Is there any peace

In ever climbing up the climbing wave?

All things have rest, and ripen toward the grave

In silence — ripen, fall, and cease:

Give us long rest or death, dark death, or dreamful ease.

5

How sweet it were, hearing the downward stream,

With half-shut eyes ever to seem

Falling asleep in a half-dream!

To dream and dream, like yonder amber light,

Which will not leave the myrrh-bush on the height;

To hear each other's whispered speech;

하루하루 연꽃씨를 입에 씹으며
바닷가에 감기는 잔 물결들과
가벼운 곡선 그리며 연이어 있는
우유 거품 물보라 지켜보면서
마음 착한 우수의 조용한 품에
마음과 정신을 함빡 맡긴다면.
풀무덤에 파묻힌 어릴 적 친구들
청동 항아리에 갇힌 두 줌의 흰 재,
골똘히 생각하며 그들과 함께
추억 속에 다시금 살아간다면!

6

살림 살던 추억도 정에 겨웁고
아내들의 마지막 키스, 따순 눈물도
마음에 아련컨만, 모두 변했다.
집안의 화로는 차디찰 테고
아들들이 대를 잇고, 우리 꼴은 낯설어,
돌아가면 유령처럼 흥을 깨리라.

Eating the Lotos day by day,

To watch the crisping ripples on the beach,

And tender curving lines of creamy spray;

To lend our hearts and spirits wholly

To the influence of mild-minded melancholy;

To muse and brood and live again in memory,

With those old faces of our infancy

Heaped over with a mound of grass,

Two handfuls of white dust, shut in an urn of brass!

6

Dear is the memory of our wedded lives,

And dear the last embraces of our wives

And their warm tears; but all hath suffered change;

For surely now our household hearths are cold,

Our sons inherit us, our looks are strange,

And we should come like ghosts to trouble joy.

주제넘은 양반들이 우리 재산 먹어치고
시인들은 그 앞에서 십 년 트로이 전쟁과
위대한 우리 업적, 옛 얘긴 양 읊으리라.
우리의 섬나라에 소란이 있나?
망가진 그대로 놓아 두어라.
신들은 화해하기 매우 힘드니
질서 다시 잡기는 힘든 일이네.
죽음보다 더한 혼란 정녕 있도다.
곤경에 또 곤경, 고통에 또 고통,
늙은 목숨 이르도록 오랜 그 고역,
하많은 전쟁에서 시달린 심정에,
별하늘 지켜보다 흐려진 눈에
뼈아픈 일거리가 쉴새없어라.

7

기화요초 무성한 곳 기대 누워서,
더운 바람 나직이 자장가 부를 때
눈꺼풀 반쯤만 조용히 감고

Or else the island princes overbold

Have eat our substance, and the minstrel sings

Before them of the ten years' war in Troy,

And our great deeds, as half-forgotten things.

Is there confusion in the little isle?

Let what is broken so remain.

The Gods are hard to reconcile;

'Tis hard to settle order once again.

There is confusion worse than death,

Trouble on trouble, pain on pain,

Long labor unto aged breath,

Sore tasks to hearts worn out by many wars

And eyes grown dim with gazing on the pilot-stars.

7

But, propped on beds of amaranth and moly,

How sweet — while warm airs lull us, blowing lowly —

With half-dropped eyelid still,

검은 빛 거룩한 하늘 밑에서
자색빛 산에서 밝은 긴 강이
느릿느릿 물을 모아 흐르는 모습,
동굴에서 동굴로 이슬 젖은 메아리
깊이 얽힌 덩굴 속에 울리는 소리,
성스런 아칸서스 얽힌 다발 속
청옥빛 물방울 떨어지는 모습!
이 얼마나 달가운 일들인가!
멀리서 반짝이는 소금물 벌판을
소나무 아래에 길게 누운 채
그냥 듣고 보기만 하는 것은
한없이 달가운 일이로구나.

8

메마른 봉우리 아래 연꽃은 핀다.
굽이진 시내마다 연꽃은 핀다.
무르익은 소리로 낮은 바람 종일 불고,
빈 동굴, 외로운 골짜기마다

Beneath a heaven dark and holy,

To watch the long bright river drawing slowly

His waters from the purple hill —

To hear the dewy echoes calling

From cave to cave through the thick-twined vine —

To watch the emerald-colored water falling

Through many a woven acanthus wreath divine!

Only to hear and see the far-off sparkling brine,

Only to hear were sweet, stretched out beneath the pine.

8

The Lotos blooms below the barren peak,

The Lotos blows by every winding creek;

All day the wind breathes low with mellower tone;

Through every hollow cave and alley lone

향기로운 언덕마다 노란 꽃가루 날리네.
행동과 동요는 싫증나게 겪은 우리.
뒹구는 괴물이 거품 뿜어 올리는 곳,
바다에 파도가 마구 끓어오를 때,
뱃간에 좌우로 굴러다녔다.
우리 함께 맹세하고 같이 지키세,
인간에 무관심한 신들과 같이
으슥한 연꽃 나라, 산자락에
비스듬히 누워서 살기로 하세.
신들은 술병 옆에 누워, 저 밑 골짜기에
벼락불이나 던지고, 가벼운 구름 감긴
황금 신전은 빛나는 누리로 둘러 있네.
황폐한 땅, 시듦, 기근과 역병
지진과 풍랑과 뜨거운 사막
소란한 전쟁과 불타는 도시
침몰하는 배들과 기도하는 손,
신들은 내려다보며, 몰래 웃는다.
연기처럼 피어오르는 슬픈 가락에
숨겨진 음악 듣고 웃음짓는다.

Round and round the spicy downs the yellow Lotos dust is blown.

We have had enough of action, and of motion we,

Rolled to starboard, rolled to larboard, when the surge was seething free,

Where the wallowing monster spouted his foam-fountains in the sea.

Let us swear an oath, and keep it with an equal mind,

In the hollow Lotos land to live and lie reclined

On the hills like Gods together, careless of mankind.

For they lie beside their nectar, and the bolts are hurled

Far below them in the valleys, and the clouds are lightly curled

Round their golden houses, girdled with the gleaming world;

Where they smile in secret, looking over wasted lands,

Blight and famine, plague and earthquake, roaring deeps and fiery sands,

Clanging fights, and flaming towns, and sinking ships, and praying hands.

But they smile, they find a music centered in a doleful song

탄식과 억울함의 옛 이야기.
말 마디는 강하지만 뜻없는 사연같이,
끈질긴 고역으로 흙에 매달려
씨 심고 추수하고, 조금씩 차례 간
낟알, 술, 기름을 해마다 비축하는
학대받는 족속의 구슬픈 가락.
드디어 죽으면——들리는 소리엔——
지옥에 떨어져 영원한 고초 맛보고,
더러는 낙원에서 꽃밭에 누워
마침내 피곤한 몸 쉰다 하니.
정녕코 노동보다 잠이 더 좋고
깊은 바닷바람 물결 삿대질보다
뭍에서 쉬는 것이 편안하구나,
오오, 쉬어라, 배꾼 형제들.
이제 더 방랑은 하지 않으리.

Steaming up, a lamentation and an ancient tale of wrong,

Like a tale of little meaning though the words are strong;

Chanted from an ill-used race of men that cleave the soil,

Sow the seed, and reap the harvest with enduring toil,

Storing yearly little dues of wheat, and wine and oil;

Till they perish and they suffer — some, 'tis whispered — down in
hell

Suffer endless anguish, others in Elysian valleys dwell,

Resting weary limbs at last on beds of asphodel.

Surely, surely, slumber is more sweet than toil, the shore

Than labor in the deep mid-ocean, wind and wave and oar;

O, rest ye, brother mariners, we will not wander more.

율리시스[1]

하릴없는 왕으로서,
이 적막한 화롯가, 불모의 바위 틈서리,
늙은 아내와 짝하여,
먹고 자고 욕심만 부리는 야만 족속에게,
어울리지 않는 법이나 베푼다는 것,
쓸모없는 짓이다.
방랑을 쉴 수 없는 나,
인생을 찌꺼기까지 마시련다.
나를 따르는 자들과, 또는 혼자서
언제나 크낙한 즐거움 맛보고, 또는 크낙한 고난당
하였느니,
뭍에서, 또한 달리는 구름 사이로
비에 젖은 히아데스 성좌[2]가
검푸른 바다를 노엽게 할 때.

---

1) 트로이 전쟁의 영웅은 20여 년간 방랑한 끝에 고향인 섬나라 이다
카로 돌아왔지만, 좀이 쑤셔서 늙은 아내 옆에서 안온한 왕 노릇을
계속할 수가 없었다. 전설에 의하면 늙은 율리시스가 다시 뱃군들을
모아 미지의 서쪽 바다를 항해하여 행복의 섬에 닿았다고 한다. 앉
아서 쉴 수 없는 행동인의 심경을, 핼럼 A.H. Hallam을 잃고 주저앉
은 테니슨이 그리워하지 않을 수 없다.
2) 히아데스 성좌는 비를 오게 한다고 믿어졌다.

Ulysses

It little profits that an idle king,
By this still hearth, among these barren crags,
Matched with an aged wife, I mete and dole
Unequal laws unto a savage race,
That hoard, and sleep, and feed, and know not me.

I cannot rest from travel; I will drink
Life to the lees. All times I have enjoyed
Greatly, have suffered greatly, both with those
That loved me, and alone; on shore, and when
Through scudding drifts the rainy Hyades
Vexed the dim sea. I am become a name;

이제 하나의 이름이 되어버린 나.
굶주린 심정으로 방랑하면서
본 것, 배운 것도 많다.
뭇 도시들, 풍습, 기후, 의회, 정부,
나 자신 얕보이지 않고 어디서나 기림받았다.
바람 찬 트로이의 소란한 들판에서
동료 영웅들과 전쟁의 재미 만끽하였다.
나는 나 자신의 모든 체험의 일부이다.
그러나 모든 체험은 하나의 홍예문,
그 너머로 가보지 못한 세계가 흘긋 보이나,
다가갈수록 그 변경은 사라져버린다.
지루하여라, 머무름, 끝장냄, 닦지 않아 녹슮,
쓰지 않아 빛나지 않음이여!
숨쉬는 것이 사는 것인가!
삶 위에 삶을 포개어 가는 것은
너무나 사말하다.
나에게 삶도 많이 남지 않았다.
그러나 낱낱의 시간이
그 영원한 침묵에서 구제되어,

For always roaming with a hungry heart

Much have I seen and known — cities of men

And manners, climates, councils, governments,

Myself not least, but honored of them all —

And drunk delight of battle with my peers,

Far on the ringing plains of windy Troy.

I am a part of all that I have met;

Yet all experience is an arch wherethrough

Gleams that untraveled world whose margin fades

Forever and forever when I move.

How dull it is to pause, to make an end,

To rust unburnished, not to shine in use!

As thought to breathe were life! Life piled on life

Were all too little, and of one to me

Little remains; but every hour is saved

From that eternal silence, something more,

그 이상의 무엇인가, 새로운 것을 가져온다.
삼 년 동안이나 몸을 살찌우고 있는 것,
추악한 짓이어라,
이 늙어가는 영혼은
인간 사상의 아득한 변경 너머로
침몰하는 별처럼 지식을 추구하려 몸살하는데.

이게 내 아들, 내 혈육 텔레마커스,
그에게 왕홀과 섬을 맡긴다.
내가 귀애하는 놈,
사나운 족속을 순화하여
유익하고 선한 일에 따르게 할
참을성 있는 지혜로써
이 힘든 일을 감당할 지각이 있다.
내가 없더라도,
뭇 일거리에 둘러싸여
인정을 베푸는 일에 실수 없고
집안 신들에게 합당한 예배를 드릴 수 있으니
결함이란 조금도 없다.

A bringer of new things; and vile it were
For some three suns to store and hoard myself,
And this gray spirit yearning in desire
To follow knowledge like a sinking star,
Beyond the utmost bound of human thought.

This is my son, mine own Telemachus,
To whom I leave the scepter and the isle —
Well-loved of me, discerning to fulfill
This labor, by slow prudence to make mild
A rugged people, and through soft degrees
Subdue them to the useful and the good.
Most blameless is he, centered in the sphere
Of common duties, decent not to fail
In offices of tenderness, and pay
Meet adoration to my household gods,

그는 자기 일을, 나는 내 일을 할 뿐.

저기 항구가 있다. 돛에 바람이 가득하다.
어둡고 넓은 바다가 저기 검푸르다.
나의 뱃군들아,
나와 더불어 애쓰고 일하고 궁리한 사람들아,
우레와 햇볕을 똑같이 흔쾌히 받아들이고,
열린 마음씨, 열린 머리들과 맞붙어 싸운 사람들아,
그대들도 나도 다 늙었다.
그러나 늙은 나이에도 명예와 일거리가 있다.
죽음이 모든 것을 삼킨다.
그러나 종말이 있기 전,
무언가 명예로운 업적을,
신들과 다툰 사람들에게 어울릴 일을
이룩할 여지는 남아 있다.
바야흐로 바위 끝에 불빛이 반짝인다.
기나긴 날이 이운다. 느린 달이 솟는다.
깊은 물이 많은 목소리로 한숨지으며 감돈다.
오라, 친구들아.

When I am gone. He works his work, I mine.

There lies the port; the vessel puffs her sail;
There gloom the dark, broad seas. My mariners,
Souls that have toiled, and wrought, and thought with me —
That ever with a frolic welcome took
The thunder and the sunshine, and opposed
Free hearts, free foreheads — you and I are old;
Old age hath yet his honor and his toil.
Death closes all; but something ere the end,
Some work of noble note, may yet be done,
Not unbecoming men that strove with Gods.
The lights begin to twinkle from the rocks;
The long day wanes; the slow moon climbs; the deep
Moans round with many voices.
Come, my friends,

더욱 새로운 세계를 찾는 일이
너무 늦진 않았다.
배를 밀어라, 줄지어 앉아서
소리치는 파도 이랑 가르며 가자.
나의 목표는 죽을 때까지
일몰 저 너머로, 모든 서녘 볕의 자맥질을 지나,
멀리 저어가기로 굳어 있다.
혹시는 심연이 우리를 삼킬지 모르나,
혹시는 〈행복의 섬〉[3]에 닿아
우리 옛 친구 위대한 아킬레스 다시 보리라.
비록 잃은 것 많아도, 아직 남은 것도 많다.
지난날 천지를 뒤흔든 역사들은 못되나,
지금의 우리도 또한 우리로다.
시간과 운명으로 노쇠했어도
한결같은 영웅적 기백,
힘쓰고 추구하고 찾아내고 버티어내는
강한 의지력.

---

3) 엘리지움. 그리스 신화에 나오는 천국으로 아킬레스 같은 영웅이
죽어서 가는 곳.

'Tis not too late to seek a newer world.

Push off, and sitting well in order smite

The sounding furrows; for my purpose holds

To sail beyond the sunset, and the baths

Of all the western stars, until I die.

It may be that the gulfs will wash us down;

It may be we shall touch the Happy Isles,

And see the great Achilles, whom we knew.

Though much is taken, much abides; and though

We are not now that strength which in old days

Moved earth and heaven, that which we are, we are —

One equal temper of heroic hearts,

Made weak by time and fate, but strong in will

To strive, to seek, to find, and not to yield.

티토노스[1]

숲이 썩는다, 썩어 넘어간다.
습기가 울어 물기를 땅에 뿌린다.
사람이 와서 밭을 일구다가 그 밑에 묻힌다.
고니도 여러 여름 뒤엔 죽는다.
나만 홀로 잔인한 불사(不死)의 운명으로 타들어간다.
여기 세상의 적막한 한 끝에서
그대 팔 속에 안겨 천천히 시들어간다.
영원히 침묵하는 동녘의 공간.
첩첩한 안개, 빛나는 아침의 궁전에
흰 머리의 허깨비로 방황하면서.

아아! 한때는 사나이였던 잿빛 허깨비!
그대의 선택을 받아 아름다움으로 빛나던 사나이.
그래서 그의 부푼 가슴은 신이 된 양하였다!
「불사의 운명을 달라」고 그대에게 요청했더니

---

1) 트로이의 왕자였던 티토노스는 새벽의 여신인 오로라Aurora의 사랑
을 받아 먼 동방 하늘의 새벽의 궁성에 산다. 오로라 여신은 인간
애인에게 불멸의 삶을 선물로 얻어다 주었으나 영원한 청춘을 겸하
여 얻어주는 것은 깜빡 잊었다. 이 독백시에서 티토노스는 다시 인
간이 되어 죽을 수 있는 운명을 그리워한다.

50

Tithonus

The woods decay, the woods decay and fall,
The vapors weep their burthen to the ground,
Man comes and tills the field and lies beneath,
And after many a summer dies the swan.
Me only cruel immortality
Consumes; I wither slowly in thine arms,
Here at the quiet limit of the world,
A white-haired shadow roaming like a dream
The ever-silent spaces of the East,
Far-folded mists, and gleaming halls of morn.

Alas! for this gray shadow, once a man —
So glorious in his beauty and thy choice,
Who madest him thy chosen, that he seemed
To his great heart none other than a God!
I asked thee, "Give me immortality."

그대는 웃음짓고 내 청 들어주었다.
남에게 선물 주며 세심하지 않은 부자처럼.
그러나 강력한 시간들이 분개하여
자기들 뜻대로 행하였으니,
나는 짓눌려 망가지고 황폐되었다.
나를 죽일 수는 없어도 불구로 남겨놓아
영원한 청춘 앞에 살게 하였다.
영원한 청춘 앞에 영원한 노쇠.
옛날의 내 모습은 재가 되었다.
그대의 사랑이, 그대의 아름다움이
보상이 될 수 있을까?
내 말 듣고 눈물 고인 떨리는 그대 눈에
지금 막 그대의 길잡이 은빛 별이 빛나지만.
나를 놓아 달라. 선물을 가져가라.
사람은 타고난 사람의 족속과 달라지려고,
또는 모든 자에게 합당하게 내려진
운명의 관문을 벗어나려고
조금이라도 욕망할 필요 있는가!

Then didst thou grant mine asking with a smile,

Like wealthy men who care not how they give.

But thy strong Hours indignant worked their wills.

And beat me down and marred and wasted me,

And though they could not end me, left me maimed

To dwell in presence of immortal youth,

Immortal age beside immortal youth,

And all I was in ashes. Can thy love,

Thy beauty, make amends, though even now,

Close over us, the silver star, thy guide,

Shines in those tremulous eyes that fill with tears

To hear me? Let me go; take back thy gift.

Why should a man desire in any way

To vary from the kindly race of men,

Or pass beyond the goal of ordinance

Where all should pause, as is most meet for all?

미풍이 불어 구름을 가른다.
나 태어난 어두운 세계가 흘긋 보인다.
다시금 그 태고의 신비한 광채가
그대의 해맑은 이마, 해맑은 어깨에서
새 힘으로 약동하는 가슴에서
소리없이 흘러내린다.
어둠 속에 그대 뺨 붉기 시작하고
내 눈 가까이 그대 눈이 차츰 맑아진다.
아직 그대의 눈빛에 별들이 눈멀기 전,
그대의 멍에를 그리워하는 거센 말들이 일어나
흩어진 갈기에서 어둠을 떨어버리고
어슴푸레한 새벽빛을 불꽃으로 터뜨리기 전이다.[2]

아아! 그대는 언제나 이렇게
말없이 아름다워져서는
대답도 하지 않고 떠나버린다.

---

2) 새벽의 여신은 길잡이별(새벽별)의 인도를 받아 동방의 궁전으로부
   터 빛의 말들이 끄는 수레를 타고 매일 달린다. 그녀가 가는 곳에
   새벽이 온다.

A soft air fans the cloud apart; there comes

A glimpse of that dark world where I was born.

Once more the old mysterious glimmer steals

From thy pure brows, and from thy shoulders pure.

And bosom beating with a heart renewed.

Thy cheek begins to redden through the gloom,

Thy sweet eyes brighten slowly close to mine,

Ere yet they blind the stars, and the wild team

Which love thee, yearning for thy yoke, arise,

And shake the darkness from their loosened manes,

And beat the twilight into flakes of fire.

Lo! ever thus thou growest beautiful

In silence, then before thine answer given

그대의 눈물만 내 뺨에 촉촉하다.

어찌하여 그대는 눈물로 나를 두렵게 하는가?
저 암흑의 땅 위에서 옛적에 배운
〈신들도 일단 준 선물은 취소 못한다〉는 말씀이
진실이 될까봐 전율하는가?

아아! 그 오랜 옛적엔
전혀 다른 눈으로 보곤 하였지,
──그렇게 보던 자가 지금의 내가 틀림없다면──
그대의 몸 둘레에 나타나는 투명한 윤곽을,
검은 곱슬머리가 태양처럼 눈부신 고리들로 변하는
모습을.
그대의 신비로운 변화에 따라 변화하여
그대가 가는 곳, 그대가 나서는 문간마다
차츰 주홍빛으로 물들이던 그 열기로
내 피가 달아오름을 느끼면서,
나는 누워서, 입, 이마, 눈꺼풀, 온몸이,
4월 피어나는 봉오리보다 향기로운 키스로

Departest, and thy tears are on my cheek.

Why wilt thou ever scare me with thy tears,
And make me tremble lest a saying learnt,
In days far-off, on that dark earth, be true?
"The Gods themselves cannot recall their gifts."

Ay me! ay me! with what another heart
In days far-off, and with what other eyes
I used to watch — if I be he that watched —
The lucid outline forming round thee; saw
The dim curls kindle into sunny rings;
Changed with thy mystic change, and felt my blood
Glow with the glow that slowly crimsoned all
Thy presence and thy portals, while I lay,
Mouth, forehead, eyelids, growing dewy warm
With kisses balmier than half-opening buds
Of April, and could hear the lips that kissed

이슬처럼 촉촉이 따뜻해지고,
키스하는 입술이 뜻 모를 소리로
열렬히 정답게 속삭이는 소리 들었다.
그것은 일리온이 안개처럼 솟아올라 높은 집들이 될
때,
아폴로가 부르던 기묘한 노랫소리 같았다.[3]

그러나 그대의 동방에 나를 영원히 붙들어두지 말라.
어찌 나의 인간성이 그대의 신성과 더 오래 어울리랴?
그대의 장미빛 그림자는 차갑게 내 몸 적시고,
그대의 광채도 차갑다.
죽을 능력 있는 행복한 인간들의
집 주변의 침침한 들판과,
더욱 행복한 죽은 자들의 무성한 무덤에서
훈기가 떠올라 올 때,
그대의 번들거리는 문지방에,
나의 주름살투성이의 발이 닿으면

---

3) 일리온은 트로이의 다른 이름. 신화에 의하면 아폴로가 부는 마술
  적 피리 소리에 돌들이 춤추며 쌓여 트로이 성이 되었다고 한다.

Whispering I knew not what of wild and sweet,

Like that strange song I heard Apollo sing,

While Ilion like a mist rose into towers.

   Yet hold me not forever in thine East,

How can my nature longer mix with thine?

Coldly thy rosy shadows bathe me, cold

Are all thy lights, and cold my wrinkled feet

Upon thy glimmering thresholds, when the steam

Floats up from those dim fields about the homes

Of happy men that have the power to die,

오직 차가움을 느낄 뿐이다.
놓아 달라, 땅에 도로 보내 달라.
모든 것을 볼 수 있는 그대.
내 무덤도 볼 수 있으리라.
그대는 아침마다 새롭게 아름다워지고,
나는 땅속에 흙 되어 이 공허한 궁전을 잊으리라.
은빛 바퀴 타고 오는 그대를 잊으리라.

And grassy barrows of the happier dead.

Release me, and restore me to the ground.

Thou seest all things, thou wilt see my grave;

Thou wilt renew thy beauty morn by morn

I earth in earth forget these empty courts,

And thee returning on thy silver wheels.

부서져라, 부서져라, 부서져라[1]

부서져라, 부서져라, 부서져라,
차가운 잿빛 바위에 오 바다여!
나 또한 마음속 솟구치는 생각을
헛바닥 움직여 말하고 싶어라!

어부의 아들이 누이와 더불어
소리치며 노는 것, 복되어라.
물 위에 배 띄워 노래하는
어린 뱃사공 복되어라!

우람한 배들은 언덕 밑 항구를
천천히 향하여 나아간다.
그러나 오오, 사라진 손길의 촉감,
침묵하는 목소리의 그리움이여!

부서져라, 부서져라, 부서져라,
너의 절벽 바위 뿌리에, 오 바다여!

---

1) 이 시는 핼럼이 죽은 뒤에 얼마 안 되어 지은 시. 부서지는 파도처럼 시인도 마음속에 응어리진 것을 속시원히 토해내고 싶어한다.

Break, Break, Break

Break, break, break,
  On thy cold gray stones, O Sea!
And I would that my tongue could utter
  The thoughts that arise in me.

O, well for the fisherman's boy,
  That he shouts with his sister at play!
O, well for the sailor lad,
  That he sings in his boat on the bay!

And the stately ships go on
  To their haven under the hill;
But O for the touch of a vanished hand,
  And the sound of a voice that is still!

Break, break, break,
  At the foot of thy crags, O Sea!

죽어버린 그날의 애틋한 정겨움은
나에게 다시 오지 않으리.

But the tender grace of a day that is dead

    Will never come back to me.

독수리

굽은 발가락으로 바위 움켜잡는다.
외로운 지역에 태양 가까이
연초록 세계에 둘러싸여 그는 서 있다.
주름 잡힌 바다가 그 밑에 긴다.
산 성벽에서 매섭게 노리다가
번개처럼 그는 급강하한다.

The Eagle: A Fragment

He clasps the crag with crooked hands;
Close to the sun in lonely lands,
Ringed with the azure world, he stands.

The wrinkled sea beneath him crawls:
He watches from his mountain walls,
And like a thunderbolt he falls.

향긋이 나직이[1]

향긋이 나직이, 향긋이 나직이,
서해 바다의 바람아,
나직이 나직이 숨쉬고 불어라.
서해 바다의 바람아!
구르는 물결 그 너머 가거라.
져가는 달에서 오너라, 불어라.
내게 다시 그이를 불어다 주렴.
나의 아기 귀여운 내 아기 잠자는 동안.

자거라 쉬어라, 자거라 쉬어라.
이제 곧 아빠가 네게로 오신다.
쉬어라 쉬어라 엄마의 품속에.
아빠는 요람 속 아가에게 오신다.
은빛 달 아래 서녘에서
은빛 돛들 무리져 오면.
자거라 나의 아기, 자거라 예쁜 아기 자거라.

---

1) 이 유명한 자장가는 반비 Barnby의 작곡으로 애창된다.

Sweet and Low

Sweet and low, sweet and low,
    Wind of the western sea,
Low, low, breathe and blow,
    Wind of the western sea!
Over the rolling waters go,
Come from the dying moon, and blow,
    Blow him again to me;
While my little one, while my pretty one, sleeps.

Sleep and rest, sleep and rest,
    Father will come to thee soon,
Rest, rest, on mother's breast,
    Father will come to thee soon;
Father will come to his babe in the nest,
Silver sails all out of the west
    Under the silver moon;
Sleep, my little one, sleep, my pretty one, sleep.

찬란한 광채가 내려앉는다

찬란한 광채가 내려앉는다,
옛 이야기 깃들인 눈 덮인 산마루 성벽에.
기다란 햇살이 호수 건너 나부끼고
힘 뻗친 폭포가 광망 속에 춤춘다.
불어라, 나팔아, 불어라, 거센 메아리 날려보내라.
불어라, 나팔아, 화답하라 메아리, 여리게 여리게
여리게.

오 들어라, 들어보라! 가늘고 또렷한 소리
멀어가며 더욱더 가늘고 또렷한 소리!
오 벼랑 끝 저 멀리서 애틋이 들리는
요정 나라의 뿔피리, 그 가녀린 소리!
불어라, 연자색 골짜기의 메아릴 들려주렴.
불어라 나팔아, 화답하라, 메아리, 여리게 여리게
여리게

사랑이여, 메아리는 풍요한 저 하늘 속에 죽는다.
산, 들, 강 위에서 기진한다.
우리의 메아리는 영혼에서 영혼으로

The Splendor Falls

The splendor falls on castle walls
  And snowy summits old in story;
The long light shakes across the lakes,
  And the wild cataract leaps in glory.
Blow, bugle, blow, set the wild echoes flying,
Blow, bugle; answer, echoes, dying, dying, dying.

O, hark, O hear! how thin and clear.
  And thinner, clearer, farther going!
O, sweet and far from cliff and scar
  The horns of Elfland faintly blowing!
Blow, let us hear the purple glens replying,
Blow, bugle; answer, echoes, dying, dying, dying.

O love, they die in yon rich sky,
  They faint on hill or field or river;
Our echoes roll from soul to soul,

영원히 영원히 커간다.
불어라, 나팔아, 불어라, 거센 메아리 날려보내라.
화답하라. 메아리, 화답하라. 여리게 여리게 여리게.

And grow forever and forever.

Blow, bugle, blow, set the wild echoes flying,

And answer, echoes, answer, dying, dying, dying.

눈물이, 부질없는 눈물이[1]

눈물이, 부질없는 눈물이, 뜻도 모를 눈물이
그 어떤 성스런 절망의 심연에서 나온 눈물이
가슴에 치밀어 눈에 고이네
복된 가을 벌판 바라다보며
가버린 날들을 추억할 때에.

저승에서 정다운 이들을 데려오는 돛폭에
반짝거리는 첫 햇살처럼 신선한,
수평선 아래로 사랑하는 이들 전부 싣고 잠기는 돛
폭을
붉게 물들이는 마지막 빛살처럼 구슬픈,
그렇게 구슬프고, 그렇게 신선한 가버린 날들.

아아, 임종하는 눈망울에 창문이 부연 네모꼴로 되
어갈 무렵
어둑한 여름 새벽 잠 덜 깬 새들의

---

1) 이 시와 뒤에 나오는 「아가씨여 내려와요」까지의 6편의 시는 모두
그의 이야기시인 『공주 The Princess』에 삽입된 서정시들이다. 테니
슨의 서정시의 정수를 이루고 있다.

Tears, Idle Tears

Tears, idle tears, I know not what they mean.
Tears from the depth of some divine despair
Rise in the heart, and gather to the eyes,
In looking on the happy autumn-fields,
And thinking of the days that are no more.

Fresh as the first beam glittering on a sail,
That brings our friends up from the underworld,
Sad as the last which reddens over one
That sinks with all we love below the verge;
So sad, so fresh, the days that are no more.

Ah, sad and strange as in dark summer dawns
The earliest pipe of half-awakened birds
To dying ears, when unto dying eyes

첫 울음 소리가 임종하는 귓가에 들려오듯,
그렇게 구슬프고, 그렇게 낯선 가버린 날들.

죽음 뒤에 키스의 추억처럼 애틋하고
임자가 따로 있는 입술에
가망없는 짝사랑이 꿈꾸는 키스처럼 달콤한,
사랑처럼, 첫사랑처럼 깊은,
온갖 회한으로 걷잡을 수 없는,
오 살아 있는 죽음, 가버린 날들!

The casement slowly grows a glimmering square;

So sad, so strange, the days that are no more.

Dear as remembered kisses after death,

And sweet as those by hopeless fancy feigned

On lips that are for others; deep as love,

Deep as first love, and wild with all regret;

O Death in Life, the days that are no more!

더 묻지 마세요[1]

더 묻지 마세요.
달도 바닷물을 끌어당기고,
구름도 하늘에서 몸을 구부려
층층이 포개어져
산 모습, 곶 모습 이룰 수 있답니다.
오, 사랑에 얼떠서,
언제 내가 대답을 했나요?
더 묻지 마세요.

더 묻지 마세요.
뭐라 대답할까요?
패인 얼굴, 빛 잃은 눈은 싫어요.
하지만 그대여, 죽으면 싫어요.
더 묻지 마세요.
그대더러 살라는 말 할까봐 겁나요.
더 묻지 마세요.

---

1) 이 노래는 『공주』의 주인공 아이다Ida 공주가 구애자를 끝끝내 거
   절하다가 구애자의 희생적 도움으로 목숨을 건진 뒤에 부르는 것으
   로 되어 있다.

Ask Me No More

Ask me no more: the moon may draw the sea;
  The cloud may stoop from heaven and take the shape,
  With fold to fold, of mountain or of cape;
But O too fond, when have I answered thee?
                  Ask me no more.

Ask me no more: what answer should I give?
  I love not hollow cheek or faded eye:
  Yet, O my friend, I will not have thee die!
Ask me no more, lest I should bid thee live;
                  Ask me no more.

더 묻지 마세요.
그대 운명, 내 운명은 맺어졌어요.
강물을 거스르려 애를 썼지만
뜻대로 되지가 않았어요.
큰 강이 나를 실어 바다로 가라지요.
사랑하는 이시여, 그만하세요.
한 번만 건드리면 나는 쓰러져요.
더 묻지 마세요.

Ask me no more: thy fate and mine are sealed;

    I strove against the stream and all in vain;

    Let the great river take me to the main.

No more, dear love, for at a touch I yield;

                  Ask me no more.

석양 무렵에

석양 무렵에 들을 건너서
패인 곡식 이삭 따며 가다가
아내와 말다툼을 벌였습니다.
오, 다투다니, 왜 그랬을까?
눈물로 다시금 키스했지요.
사랑하는 사람과 다투고 나서
다시금 눈물로 키스 나눌 때,
사랑을 더해 주는 사랑 싸움은
복되고 복되며 거듭 복된 것!
흘러간 옛적에 잃은 우리 아이
그 아이 누운 작은 무덤 위에서
아아, 그 작은 무덤 위에서
눈물로 다시금 키스했지요.

As thro' the Land at Eve We Went

As thro' the land at eve we went,

And pluck'd the ripen'd ears,

We fell out, my wife and I,

O, we fell out, I know not why,

And kiss'd again with tears.

And blessings on the falling out

That all the more endears,

When we fall out with those we love

And kiss again with tears!

For when we came where lies the child

We lost in other years,

There above the little grave,

O, there above the little grave,

We kiss'd again with tears.

주홍 꽃잎 방금 잠들고

주홍 꽃잎 방금 잠들고, 이제 하얀 꽃잎 잠든다.
대궐 길에 검푸른 주목 미동도 없고,
대리석 분수대¹⁾에 금붕어 꼬리도 까딱 않는다.
반딧불 잠 깬다. 너도 나와 함께 잠 깨어라.

이제 우유빛 흰 공작 유령처럼 잠들고,
하얀 유령처럼 어슴푸레 보인다.

이제 지구는 온통 〈다나에〉²⁾처럼 별무리 향하여 누
웠고,
너의 가슴은 온통 내게 향하여 열려 있다.

이제 말없는 별똥 미끄러져 빛나는 이랑을 남긴다.
내 마음속에 너의 생각 흘러 빛나듯.

---

1) 원문에는 〈반암석 샘터〉이지만 어감상 어울리지 않는다.
2) 제우스의 사랑을 받은 신화 속의 여인. 높은 탑 위에 감금된 다나
   에의 품속에 기어들기 위해서 제우스가 황금의 소나기로 변신하여
   떨어지니 다나에가 가슴을 열고 황금을 받아들였다고 한다.

Now Sleeps the Crimson Petal

Now sleeps the crimson petal, now the white;
Nor waves the cypress in the palace walk;
Nor winks the gold fin in the porphyry font.
The firefly wakens; waken thou with me.

Now droops the milk-white peacock like a ghost,
And like a ghost she glimmers on to me.

Now lies the Earth all Danaë to the stars,
And all thy heart lies open unto me.

Now slides the silent meteor on, and leaves
A shining furrow, as thy thoughts in me.

이제 백합은 그 모든 향기 거둬들이고,
호수의 가슴팍에 살며시 파고든다.
나의 사랑, 너도 몸을 거두어
내 가슴 파고들어 내 속에 사라지렴.

Now folds the lily all her sweetness up,
And slips into the bosom of the lake.
So fold thyself, my dearest, thou, and slip
Into my bosom and be lost in me.

아가씨여 내려와요

아가씨여 내려와요, 산꼭대기에서
높은 곳, 차가운 곳, 산 속의 빛에
그 무슨 재미있나? (목동은 노래한다)
하늘 너무 가까이 돌아다니기
벼락 맞은 소나무 옆 햇살 흘리기
반짝이는 봉우리 위 별처럼 앉기,
그런 짓 그만두고 내려오시오.
사랑은 계곡의 일, 내려오시오.
사랑은 계곡의 일, 와서 찾아요.
사랑은 서 있네, 행복한 문지방에,
옥수수밭 풍년과 손에 손 잡고,
넘쳐 솟는 술통의 자주색 술로
얼굴 붉게 되어서, 덩굴 속 여우처럼.
눈 덮인 봉우리 위 죽음과 새벽
음산한 그것들과 살려 안 하네.
얼음 덮인 골짜기에 사랑을 못 붙잡네.
주름진 얼음 폭포 엉겨붙어 기울어
음침한 구렁에서 빠른 물살 몰아내는
빙하 위에 저절로 사랑 안 오네.

Come Down, O Maid

Come down, O maid, from yonder mountain height.

What pleasure lives in height(the shepherd sang),

In height and cold, the splendor of the hills?

But cease to move so near the heavens, and cease

To glide a sun-beam by the blasted pine,

To sit a star upon the sparkling spire;

And come, for Love is of the valley, come,

For Love is of the valley, come thou down

And find him; by the happy threshold, he,

Or hand in hand with Plenty in the maize,

Or red with spirted purple of the vats,

Or foxlike in the vine, nor cares to walk

With Death and Morning on the Silver Horns.

Nor wilt thou snare him in the white ravine,

Nor find him dropped upon the firths of ice,

That huddling slant in furrow-cloven falls

To roll the torrent out of dusky doors.

오시오, 춤추는 물살 따라서,
계곡에서 사랑을 찾아보시오.
깡마른 독수리들 혼자 울라지.
괴물 같은 시렁바위 혼자 기울어
물안개 수천 가닥 소용돌이쳐
상심한 마음처럼 사라지라지.
그대는 사라져선 안 될 일이네.
계곡마다 기다리니 어서 오시오.
화로 연기 파란 기둥 그대 향하고
아이들도 소리쳐 그대 부르고
그대의 목동인 나 피리 불어요.
모두모두 정다운 소리들인데,
그대의 목소리 더욱 정답지.
어느 소리 들어보나 정다운 소리.
잔디밭 달리는 천만 가닥 시냇물.
하 오래된 느릅나무 비둘기 울음.
헬 수 없는 벌 떼의 웅웅거림.

But follow; let the torrent dance thee down
To find him in the valley; let the wild
Lean-headed eagles yelp alone, and leave
The monstrous ledges there to slope, and spill
Their thousand wreaths of dangling watersmoke,
That like a broken purpose waste in air.
So waste not thou, but come; for all the vales
Await thee; azure pillars of the hearth
Arise to thee; the children call, and I
Thy shepherd pipe, and sweet is every sound,
Sweeter thy voice, but every sound is sweet;
Myriads of rivulets hurrying through the lawn,
The moan of doves in immemorial elms,
And murmuring of innumerable bees.

인 메모리암 —— 추념의 시[1]

서시

신의 강한 아들,[2] 불멸의 사랑이여,
당신의 얼굴은 못 보았으나
믿음, 오직 믿음으로 받아들입니다,
증명은 할 수 없되, 믿음으로써.

명암의 천체들은 당신의 것.
사람과 짐승의 목숨 지으시고
죽음도 지으시고, 아, 당신의 발은
지으신 해골 밟고 서셨습니다.

우리를 흙 속에 안 버리시리.
당신이 지으신 사람, 그 이유 모르나,
죽으려 난 것은 아니라 믿습니다.
사람 지으신 당신, 옳으십니다.

---

1) 『추념의 시』는 장시라기보다는 같은 주제를 같은 형식으로 다룬
133편의 서정시집으로 보는 것이 옳다. 그중 12편을 골라 옮긴다.
2) 즉 예수 그리스도, 〈사랑〉의 화신.

From *In Memoriam A.H.H.*
OBIIT MDCCCXXXIII

Strong Son of God, immortal Love,
　　Whom we, that have not seen thy face,
　　By faith, and faith alone, embrace,
Believing where we cannot prove;

Thine are these orbs of light and shade;
　　Thou madest Life in man and brute;
　　Thou madest Death; and lo, thy foot
Is on skull which thou hast made.

Thou wilt not leave us in the dust:
　　Thou madest man, he knows not why,
　　He thinks he was not made to die;
And thou hast made him: thou art just.

당신은 사람이자 신인 듯하며,
가장 높고 거룩한 사람의 모습.
우리 의지는 우리 것, 연유 몰라도
우리 의지는 당신 것 되기 위해 우리 것.[3]

우리의 작은 학설들은 한때가 있고
한때를 보내면 없어집니다.
그것들은 당신 빛의 부서진 조각
당신은 그것들보다 훨씬 크셔요.

우리는 믿음뿐, 알 수 없어요.
지식은 단지 눈에 보이는 것뿐
그래도 지식은 당신으로부터 옵니다.[4]
어둠 속에 빛줄기, 자라게 하십시오.

지식이 더욱더욱 크게 하셔요.

---

3) 인간은 자유의지를 가졌다는 기독교 교리. 그러나 자유의지는 신의
의지를 따를 때 가장 자유롭다고 믿는다.
4) 모든 지식은 무신론까지도 하느님에 대한 지식이라는 신념. 과학도
마찬가지다.

Thou seemest human and divine,

    The highest, holiest manhood, thou.

    Our wills are ours, we know not how;

Our wills are ours, to make them thine.

Our little systems have their day;

    They have their day and cease to be;

    They are but broken lights of thee,

And thou, O Lord, art more than they.

We have but faith: we cannot know,

    For knowledge is of things we see;

    And yet we trust it comes from thee,

A beam in darkness: let it grow.

Let knowledge grow from more to more,

존경심도 우리 속에 자라게 하셔요.
지능과 영혼이 한데 어울려
옛날처럼 한 음악을, 더 웅대한 음악을

연주하게 하셔요, 못난 우리.
겁 없을 땐 당신을 비웃습니다.
못난 자들에게 참는 힘을——,
당신 빛을 참아낼 힘을 주셔요.

내 속의 죄악 같던 것, 날 적부터
나의 자랑 같던 것 용서하셔요.
사람의 공과 허물은 사람끼리만,
당신께는 돌릴 수 없음 압니다.

죽은 자에 대한 슬픔 용서하셔요,
당신이 지으신 아리땁던 그 사람.
당신 속에 살아 있음 믿습니다.
거기서 더욱 사랑스레 됐겠습니다.

But more of reverence in us dwell;
　That mind and soul, according well,
　May make one music as before,

But vaster. We are fools and slight;
　We mock thee when we do not fear:
　But help thy foolish ones to bear;
Help thy vain worlds to bear thy light.

Forgive what seemed my sin in me,
　What seemed my worth since I began;
　For merit lives from man to man,
And not from man, O Lord, to thee.

Forgive my grief for one removed,
　Thy creature, whom I found so fair.
　I trust he lives in thee, and there
I find him worthier to be loved.

뜻없이 방황하는 이 울부짖음.
피폐한 청춘의 혼란된 소리.
진리를 떠날 때 용서하시고
당신의 지혜로 지혜롭게 하셔요.

2

늙은 주목[5]이여, 죽어서 묻힌 이의
이름 새긴 돌을 움켜쥐고 있는 너.
힘줄로는 꿈 없는 머리를 촘촘히 얽고
뿌리로는 뼈마디들을 감싸고 있다.

계절은 꽃을 다시 데려 내오고
첫새끼를 양떼에게 선물한다.
너의 검은 그늘 아래에서 시계는

5) 우리나라에서 고급 정원수인 주목은 서양에서는 묘지 주변에 심는
〈우울한〉 나무이다. 오랜 묘지에는 수백 년 묵은 주목이 검은 그림
자를 드리우고 계절의 변화를 아랑곳하지 않는 듯 묵묵히 인간의 짧
은 삶을 목도한다. 시인은 차라리 그런 주목이 되고 싶어한다.

Forgive these wild and wandering cries,
　　Confusions of a wasted youth;
　　Forgive them where they fail in truth,
And in thy wisdom make me wise.

2

Old yew, which graspest at the stones
　　That name the underlying dead,
　　Thy fibers net the dreamless head,
Thy roots are wrapped about the bones.

The seasons bring the flower again,
　　And bring the firstling to the flock;
　　And in the dusk of thee the clock

사람의 짧은 삶을 재깍거려 보낸다.

아아, 빛과 꽃은 너와 상관이 없구나.
너는 폭풍 속에서도 변함이 없고
불처럼 뜨거운 여름의 태양도
너의 천 년 우수를 어쩌지 못하누나.

침울한 나무여, 너를 바라보노라니
너의 굽힘 없는 강인함이 부러워
내 피와 살에서 벗어나
너와 한 몸 되는 것 같아라!

3

오, 슬픔[6]이여, 잔인한 친구여,

---

6) 친구를 잃은 슬픔은 시인에게서 우주와 삶의 의미마저 앗아가려고
   한다. 슬픔은 허무의 사신이다. 슬픔은 자연의 무의미함을 그에게
   설득하려고 한다. 시인은 슬픔을 그대로 받아들일까 또는 맑은 지성

Beats out the little lives of men.

O, not for thee the glow, the bloom,
    Who changest not in any gale,
    Nor branding summer suns avail
To touch thy thousand years of gloom;

And gazing on thee, sullen tree,
    Sick for thy stubborn hardihood,
    I seem to fail from out my blood
And grow incorporate into thee.

3

O Sorrow, cruel fellowship,

의 힘으로 슬픔이 정신의 〈문지방〉을 넘어 들어오기 전에 뭉개어 없앨까 망
설이고 있다.

오, 죽음의 묘실의 여사제여,
달갑고도 씁쓸한 존재여
거짓된 입술로 무엇을 속삭이는가?

〈별들은 맹목적으로 운행하고
하늘을 건너질러 엷은 막이 덮였다.
황량한 곳에서 외치는 소리 들리고
죽어가는 해에서 낮은 소리 들린다.〉

〈자연은 있는 그대로 온통 환상일 뿐
자연의 목소리의 음악도 그런 것일 뿐.
나 자신의 공허한 메아리이다.
텅 빈 손의 공허한 형상.〉

그럼 나는 그 눈먼 것을 취할까?
슬픔을 내게 점지된 축복으로 껴안을까?
또는 그것이 정신의 문지방을 들어서기 전에
못된 혈기의 해악이라 뭉개버릴까?

O Priestess in the vaults of Death,
O sweet and bitter in a breath,
What whispers from thy lying lip?

"The stars," she whispers, "blindly run;
A web is woven across the sky;
From out waste places comes a cry,
And murmurs from the dying sun;

And all the phantom, Nature, stands —
With all the music in her tone,
A hollow echo of my own —
A hollow form with empty hands."

And shall I take a thing so blind,
Embrace her as my natural good;
Or crush her, like a vice of blood,
Upon the threshold of the mind?

5

내게 느껴오는 슬픔을 말로 표현하는 것이
거의 죄처럼 생각되는 때가 있다.
우주 자연과 마찬가지로 말은
속의 영혼을 반쯤은 가리고 반쯤만 나타낸다.

그러나 어지러운 마음과 머리 위해
운문은 소용되는 물건.
슬프게 차분한 글자 맞추기는
나른한 아편처럼 고통을 마비한다.

옷 입듯 말로써 몸을 감싸리.
추위를 막기 위한 투박한 옷.
이 옷에 감싸인 그 큰 슬픔은
겉모양만 대강 나타낼 뿐이네.

5

I sometimes hold it half a sin
   To put in words the grief I feel;
   For words, like Nature, half reveal
And half conceal the Soul within.

But, for the unquiet heart and brain.
   A use in measured language lies;
   The sad mechanic exercise.
Like dull narcotics, numbing pain.

In words, like weeds, I ll wrap me o'er.
   Like coarsest clothes against the cold;
   But that large grief which these enfold
Is given in outline and no more.

7

캄캄한 집,[7] 그 옆에 다시 서본다.
여기 기다란 음침한 거리에.
문간들, 그 손을 기다리며
내 가슴 벅차게 뛰던 곳.

다시 잡을 수 없는 그 손.
나를 보라, 잠이 오지 않아서
죄지은 놈처럼 비실거린다,
첫 새벽에, 그 문 향하여.

그는 여기 없다. 저 멀리서는
생활의 소음이 시작되누나.
가랑비 속으로 음침하게
공허한 날이 황량한 거리에 밝는다.

---

7) 런던에 있던 핼럼의 집.

7

Dark house, by which once more I stand
 Here in the long unlovely street,
 Doors, where my heart was used to beat
So quickly, waiting for a hand,

A hand that can be clasped no more —
 Behold me, for I cannot sleep,
 And like a guilty thing I creep
At earliest morning to the door.

He is not here; but far away
 The noise of life begins again,
 And ghastly through the drizzling rain
On the bald street breaks the blank day.

11

고요[8]하구나, 소리 없는 아침.
조용한 슬픔에 어울리는 고요.
사라진 잎새 사이로 후두둑
땅바닥에 떨어지는 알밤뿐

고요하고 깊은 평화가 뒤덮고 있다.
이 고원 지대 가시덤불 적시는 이슬과
초록빛, 황금빛으로 반짝이는
은빛 거미줄에 내린 평화.

가을 나무들이 그림자를 드리우는
저 광막한 들과 번잡한 마을과

---

8) 시인은 고요한 평화가 지배하는 바닷가의 고원 지대에 와 있다. 만
물이 고요한 가운데 자신의 마음속도 일견 고요하다. 그러나 그것은
진정한 평화로움의 고요가 아니라 절망의 고요, 죽은 고요인 것이
다. 마치 깊은 바다 밑의 해류가 무겁게, 느리게, 천천히 움직이듯
자기 마음속의 고요한 절망도 무겁게 깊은 아픔과 함께 움직이고 있
었다.

11

Calm is the morn without a sound,
   Calm as to suit a calmer grief,
   And only through the faded leaf
The chestnut pattering to the ground;

Calm and deep peace on this high wold,
   And on these dews that drench the furze,
   And all the silvery gossamers
That twinkle into green and gold;

Calm and still light on you great plain
   That sweeps with all its autumn bowers,

먼 첨탑들 위에 고요한 빛이 내려
뛰노는 바다와 어우러진다.

이 광활한 대기, 떨어질까 붉어지는 잎새,
고요하고 깊은 평화에 젖어 있다.
어쩌다 내 마음도 고요할 때가 있다.
고요한 절망 속에 가라앉으면…….

바다 위의 고요, 은빛의 잠.
차분히 뒤척이는 파도의 고요.
지조 높은 가슴 속의 죽은 고요.
심해처럼 움직이는 무거운 고요.

15

이 밤에 바람 일어
지는 해에서 몰아친다.
마지막 붉은 잎새 휘날려 가고

And crowded farms and lessening towers,
To mingle with the bounding main;

Calm and deep peace in this wide air,
   These leaves that redden to the fall,
   And in my heart, if calm at all,
If any calm, a calm despair;

Calm on the seas, and silver sleep,
   And waves that sway themselves in rest,
   And dead calm in that noble breast
Which heaves but with the heaving deep.

15

Tonight the winds begin to rise
   And roar from yonder dropping day;
   The last red leaf is whirled away,

까마귀들 하늘에 바람맞아 떠돈다.

부서진 숲, 휘말린 물결,
초장에 웅크린 소 떼,
칼과 나무에 마구 부딪혀
온 탑 누리에 햇살이 길게 뻗는다.

그 배는 유리처럼 평평한 수면을
고요히 움직여 나가리라고
스스로 생각하고 참으니망정,
메마른 가지들을 울려대는
저 괴로운 소란을 견딜 수 있으랴.

또 한편 내 상상이 거짓일까봐
고뇌 속에 생생한 거센 불안으로,
서쪽 하늘 구름을 열심히 바라본다.

구름은 높이높이 솟아올라서
숨찬 가슴 이끌고 앞으로 나아가

The rooks are blown about the skies;

The forest cracked, the waters curled,
 The cattle huddled on the lea;
 And wildly dashed on tower and tree
The sunbeam strikes along the world:

And but for fancies, which aver
 That all thy motions gently pass
 Athwart a plane of molten glass,
I scarce could brook the strain and stir

That makes the barren branches loud;
 And but for fear it is not so,
 The wild unrest that lives in woe
Would dote and pore on yonder cloud

That rises upward always higher,

음산한 서녘 그 주변에서 무너진다.
차차 그 모습 드러내는 요새(要塞)
그 가장자리에 불이 붙는다.

50

나의 빛이 희미해질 때 가까이 있어주셔요.
피가 얼어붙고 신경 따끔거릴 때.
가슴이 저려오고, 잘 돌아가던
온몸의 마디들이 맥없이 느려질 때.

가까이 있어주셔요. 온몸의 감각이
쥐어짜듯 쓰라려 믿음마저 저버릴 때.
시간은 흙먼지 흩뿌리는 광인,[9]
인생은 불꽃 휘두르는 광녀 같아요.

---

9) 지겨운 삶을 표현하기 위해 〈시간은 흙먼지 흩뿌리는 광인〉과 같은
극렬한 심상들을 사용하고 있다. 괴로운 인생이 끝나면 영원한 대낮
이 밝아올 것을 희원하며 그리스도가 곁에 있을 것을 간구한다.

And onward drags a laboring breast,

And topples round the dreary west,

A looming bastion fringed with fire.

50

Be near me when my light is low,

When the blood creeps, and the nerves prick

And tingle; and the heart is sick,

And all the wheels of being slow.

Be near me when the sensuous frame

Is racked with pangs that conquer trust;

And Time, a maniac scattering dust,

And Life, a Fury slinging flame.

내 믿음이 메마를 때 있어주셔요.
인간이란 늦은 봄의 파리떼처럼
알 까고, 피 빨아대고, 노래하고
쓰잘데없는 집 짓다 죽어버려요.

내가 없어져버릴 때 가까이 계셔요.
인생의 아수라가 끝나는 지점
인생의 어두운 먼 지평선 끝,
어슴푸레 밝아오는 영원한 대낮.

54

오, 그러나 우리는 그 경로는 모르나
선이 모든 악의 궁극 목표임을 믿는다.
성격의 아픔, 의지의 죄악,
의심의 결함, 피의 오점의 목표임을.

목적 없는 발로 걷는 자 없고,

Be near me when my faith is dry,

   And men the flies of latter spring,

   That lay their eggs, and sting and sing

And weave their petty cells and die.

Be near me when I fade away,

   To point the term of human strife,

   And on the low dark verge of life

The twilight of eternal day.

54

O, yet we trust that somehow good

   Will be the final goal of ill,

   To pangs of nature, sins of will,

Defects of doubt, and taints of blood;

That nothing walks with aimless feet;

하나의 목숨도 소멸되거나,
쓰레기처럼 공허에 버림받지 않는다.
신이 그 덩어리를 완전히 지으셨거늘.

벌레 하나도 헛되이 토막낼 수 없고,
부나비도 헛된 욕망으로
덧없는 불길에 타들지 않고,
타자의 이득에만 종속되지 않는다.

보라, 우리는 아무것도 모른다.
드디어 먼 훗날, 드디어 모두에게
선이 고루 나릴 것만 믿을 뿐이다.
모든 겨울은 봄으로 변하고.

이것이 나의 꿈——나는 누군가?
밤중에 울부짖는 어린아이
빛을 찾아 울부짖는 어린아이
울음밖에 말 모르는 어린아이.

That not one life shall be destroyed,

Or cast as rubbish to the void,

When God hath made the pile complete;

That not a worm is cloven in vain;

That not a moth with vain desire

Is shriveled in a fruitless fire,

Or but subserves another's gain.

Behold, we know not anything;

I can but trust that good shall fall

At last — fat off — at last, to all,

And every winter change to spring.

So runs my dream; but what am I?

An infant crying in the night;

An infant crying for the light,

And with no language but a cry.

59

슬픔아, 너는 나와 더불어
우연한 정부로서가 아니라
어엿한 아내로서, 절친한 친구로서,
내 목숨의 절반으로서 살지 않으련?
네가 그래주어야겠다는 것이 내 고백이다.

슬픔아, 내 피를 다스리고
이따금 신부처럼 귀엽게 굴고,
네 무정한 성미를 잠시 버리지 않으련?
나를 현명하고 착하게 만들고 싶다면.

속마음에 응어리진 것은 어쩔 수 없다.
지금부터 그것이 줄어들 리도 없다.
하지만 내 사랑의 소생과 희롱하듯
그렇게 놀 때도 허락해 주렴.

너는 내 것임에 틀림없으니

59

O Sorrow, wilt thou live with me
  No casual mistress, but a wife,
  My bosom friend and half of life;
As I confess it needs must be?

O Sorrow, wilt thou rule my blood,
  Be sometimes lovely like a bride,
  And put thy harsher moods aside,
If thou with have me wise and good?

My centered passion cannot move,
  Nor will it lessen from today;
  But I'll have leave at times to play
As with the creature of my love;

And set thee forth, for thou art mine,

앞으로 올 날들에 대한 희망으로
너를 곱게 치장하여서
나는 네 정체 잘 알아도
딴 사람은 네 이름조차 모르게 하리.

70

어둠 위에 익히 아는 그 얼굴 그리렸더니,
생김새를 똑똑히 볼 수 없구나.
안색은 희미하여서
공허한 밤의 탈바가지들과 뒤섞이누나.

유령의 석공들이 지은 구름탑
언제나 닫혀 있고 열려 있는 심연.
손가락질하는 손,
어두운 사색의 한길에 검은 형체들.

하품하는 문으로 흘러나와서

With so much hope for years to come,

That, howsoe'er I know thee, some

Could hardly tell what name were thine.

70

I cannot see the features right,

When on the gloom I strive to paint

The face I know; the hues are faint

And mix with hollow masks of night;

Cloud-towers by ghostly masons wrought,

A gulf that ever shuts and gapes,

A hand that points, and palléd shapes

In shadowy thoroughfares of thought;

And crowds that stream from yawning doors,

우그러진 얼굴들을 몰고 가는 무리들.
반쯤만 살아서 허둥대는 검은 덩어리.
광막한 해안에 가로 누운 게으른 군상.

드디어 홀연히 나도 모르게
마술의 음악 울려온다.
그러자 영혼의 창문으로
그대의 맑은 얼굴 비쳐
미혹의 소리를 가라앉힌다.

88

자유한 새여, 너의 노래 샘물처럼 달아
아그배 울타리 너머 에덴 동산을 울리누나.
가르쳐 다오, 다섯 감각이 합하는 곳은 어딘가.
가르쳐 다오, 모든 감정이 만나는 곳은 어딘가.

거기서 쏟아지는 광휘! 날카롭게 충돌하는 내 감정은

And shoals of puckered faces drive;

Dark bulks that tumble half alive,

And lazy lengths on boundless shores;

Till all at once beyond the will

I hear a wizard music roll,

And through a lattice on the soul

Looks thy fair face and makes it still.

88

Wild bird, whose warble, liquid sweet,

Rings Eden through the budded quicks,

O tell me where the senses mix,

O tell me where the passions meet,

Whence radiate: fierce extremes employ

어두워가는 잎새 속 네 신바람을 빌리련다.
슬픔, 그것의 깊은 한복판에서
너의 감정은 남모르는 기쁨을 거머쥐누나.

내 하프[10]는 우울의 전주곡만 고집하니
마음대로 줄을 고를 수 없구나.
모든 만상의 영광을 한 덩어리로
줄을 따라 번개처럼 번쩍 하고는 사라질 뿐이다.

106

울려라, 힘찬 종아, 거친 하늘로,[11]

10) 자유로운 새의 노래를 듣는 시인은 자기의 마음속이 여러 갈래로
   갈라져서 한 목소리로 우렁찬 노래를 부르지 못함을 속상해하고 있
   다. 그의 하프마저 우울한 곡조를 고집하여 그는 자유롭게 연주를
   할 수 없다. 하프는 삼라만상의 광휘를 한 번 번쩍 하고는 사라질
   뿐이다.
11) 이 시는 유명한 신년송, 인생을 긍정하고 나서 인간 세계에 개혁
   이 있기를 기원하는 적극적 자세로 변모한 테니슨을 보여준다. 기독
   교의 찬송가 527장으로 채택되었다.

Thy spirits in the darkening leaf,

And in the midmost heart of grief

Thy passion clasps a secret joy;

And I — my harp would prelude woe —

I cannot all command the strings;

The glory of the sum of things

Will flash along the chords and go.

106

Ring out, wild bells, to the wild sky,

나는 구름과 서리 낀 빛으로,
묵은해가 밤중에 죽어간다.
울려라, 힘찬 종아, 묵은해는 죽어라.

묵은해 울려 보내고 새해 울려 들여라.
즐거운 종아, 눈벌판 넘어 울려라.
묵은해는 떠난다. 떠나 보내라.
거짓 울려 보내고, 진실 울러 들여라.

이승에서 보지 못할 사람 때문에
마음 시드는 슬픔 울려 보내고,
빈부의 싸움을 울려 보내고
온 인류에 공정함을 울려 들여라.

좀체 죽지 않는 헛된 명분과
해묵은 당파 싸움 울려 보내고.
보다 귀한 생의 방식 정다운 풍습
보다 맑은 법률을 울려 들여라.

The flying cloud, the frosty light:
The year is dying in the night;
Ring out, wild bells, and let him die.

Ring out the old, ring in the new,
Ring, happy bells, across the snow:
The year is going, let him go;
Ring out the false, ring in the true.

Ring out the grief that saps the mind,
For those that here we see no more;
Ring out the feud of rich and poor,
Ring in redress to all mankind.

Ring out a slowly dying cause,
And ancient forms of party strife;
Ring in the nobler modes of life,
With sweeter manners, purer laws.

궁핍, 근심, 죄악을 울려 보내라.
이 시대의 믿음 없는 냉랭한 인심.
울려 울려 보내라 내 슬픈 가락.
보다 알찬 시인을 울려 들여라.

지위, 가문 자랑하는 헛된 마음과
중상, 모략, 적개심 울려 보내고
진리와 정의를 아끼는 마음,
선에 대한 만인의 사랑을 울려 들여라.

오래 묵은 못된 병을 울려 보내라.
인심을 옭아매는 황금의 탐욕,
천 가지 오랜 전쟁 울려 보내고
평화의 즈믄 해를 울려 들여라.

용감하고 자유롭고 넓은 마음씨,
인정 깊은 손의 사람 울려 들이고
땅 위의 어두움 울려 보내고
장차 오실 구세주를 울려 들여라

Ring out the want, the care, the sin,
    The faithless coldness of the times:
    Ring out, ring out my mournful rhymes,
But ring the fuller minstrel in.

Ring out false pride in place and blood,
    The civic slander and the spite;
    Ring in the love of truth and right,
Ring in the common love of good.

Ring out old shapes of foul disease;
    Ring out the narrowing lust of gold;
    Ring out the thousand wars of old,
Ring in the thousand years of peace.

Ring in the valiant man and free,
    The larger heart, the kindlier hand;
    Ring out the darkness of the land,
Ring in the Christ that is to be.

119

빈 문간…… 두근거리는 가슴 안고 다가서던
그곳에, 이제 눈물 거둔 마음으로
다시 선다. 집들은 아직 잠들어 있다.
거리에서 푸른 초장 냄새가 난다.

새들의 지저귀는 소리 들린다. 오래
침묵하던 검은 벽 틈으로
신새벽의 담청색 골목이 보인다.
옛날과 당신이 생각난다.

복되어라, 당신! 당신 입술은 연하고
당신 눈의 우정은 환하다.
상상 속에서 나는 한숨도 없이
당신 손의 붙잡는 힘을 느낀다.

119

Doors, where my heart was used to beat
   So quickly, not as one that weeps
   I come once more; the city sleeps;
I smell the meadow in the street;

I hear a chirp of birds; I see
   Betwixt the black fronts logn-withdrawn
   A light blue lane of early dawn,
And think of early days and thee,

And bless thee, for thy lips are bland,
   And bright the friendship of thine eye;
   And in my thoughts with scarce a sigh
I take the pressure of thine hand.

금 간 담벽에 핀 꽃

금 간 담벽에 핀 꽃.
틈바귀에서 너를 따내어
여기 뿌리째 손에 들고 선다.
작은 꽃이여, 그러나
뿌리째 전부 네가 무언지
알 수만 있다면
신과 사람도 무언지 알 수 있으리.

Flower in the Cranndied Wall

Flower in the crannied wall,

I pluck you out of the crannies,

I hold you here, root and all, in my hand,

Little flower — but if I could understand

What you are, root and all, and all in all,

I should know what God and man is.

모래톱 건너며[1]

지는 해 저녁별
나를 부르는 맑은 한 소리!
나 바다로 나가는 날
모래톱에 슬픈 한숨은 없고

소리 없이 거품 없이 오직 충만한
잠자듯 움직이는 밀물만 있어라.
가없는 깊음에서 나온 목숨이
다시금 제 집 찾아 떠나가는 날.

황혼녘 저녁종
그 다음엔 어두움!
배에 올라 떠날 때
이별 슬픔 없거라.

시간과 공간의 이승에서
조수에 이 몸 실려 멀리 떠가도

---

1) 이 시는 테니슨의 최후작은 아니지만, 그는 자신의 시전집 말미에
   이 시를 수록할 것을 요청하였다.

Crossing the Bar

Sunset and evening star,
   And one clear call for me!
And may there be no moaning of the bar,
   When I put out to sea,

But such a tide as moving seems asleep,
   Too full for sound and foam,
When that which drew from out the boundless deep
   Turns again home.

Twilight and evening bell,
   And after that the dark!
And may there be no sadness of farewell,
   When I embark;

For though from out our bourne of Time and Place
   The flood may bear me far,

모래톱 건너가면
길잡이 만나리.

I hope to see my Pilot face to face

When I have crossed the bar.

해설/테니슨의 시세계

이상섭

한때 빅토리아니즘Victorianism이란 말이 극악스러운 형태의 위선을 뜻하는 말로 널리 통용되던 시대가 있었다. 20세기 초엽에 특히 그 말은 크게 유행했다. 얼마 전 필자는 어느 한국 잡지에 그 말이 사용된 것을 보고 놀란 일이 있다. 한국에서까지 대영제국의 여왕의 이름을 빌려 위선이란 낱말 대신 사용할 필요가 있었던 모양이다.

대영제국의 하늘에 해질 날이 없다고 할 만큼 인류 역사상 최대의 제국 중의 하나를 건설하였던 빅토리아 여왕 시대의 영국 국민이, 불과 20–30년 후에 그 자랑스럽던 시대를 수치의 시대로 경멸하였다는 사실은 놀랍기 전에 의아스러울 뿐이다. 지금은 빅토리아 시대 사람들의 〈제국주의적〉 사고 방식, 도덕적 열성, 자족감, 의심, 희망 등을 건전한 국민적·시대적 시대 정신의 유행으로 간주할 수 있어 다행스럽다면 다행스러운 일이다.

테니슨Alfred Tennyson은 긴 빅토리아 시대의 최대의 시인으로서, 빅토리아 시대가 겪은 영광과 수치와 재평가의 과정을 그대로 거쳐왔다. 이제 그를 필요 이상 더 깎아내리는 사람은 없다. 그릇된 이유로 추켜세우는 사람도 물론 없다. 정당한 평가가 내려지고 있는 것이다. 그 결과 그는 영국 최대 시인의 한 사람, 세계의 중요 시인의 한 사람이라는 의견이 모아지고 있다.

테니슨은 1809년 불만에 가득 찬 시골 목사의 열두 자녀 중 넷째로 태어났다. 조부는 돈 많은 지주였으나 장남인 시인의 아버지에게 재산을 물려주지 않고 다른 아들에게 물려주었기 때문에, 시인의 아버지는 달갑지 않은 시골 목사 노릇을 할 수밖에 없었다. 그의 괴팍스러운 성격은 그의 자녀들에게도 본받은 바 되어 집안은 그리 화평

하지가 못했던 듯하다. 그러나 시인을 위해 다행했던 일은 그 아버지가 고전 및 현대 문학에 취미 이상의 것을 가지고 자녀들의 문학적 기질을 북돋우어 주었다는 사실이다.

테니슨은 조숙한 시인이었다. 현재 전해지고 있는 습작기의 작품으로서 12–13세 때의 작품도 있다. 18세 때에는 그의 형들과 함께 시집을 내기도 하였다.

19세 때에 케임브리지 대학에 진학한 테니슨은 시를 필생의 사명으로 알고 이에 정진하였다. 당시 케임브리지의 트리니티 대학에는 사도Apostles라는 학생 동아리가 있었는데, 테니슨은 곧 이 동아리의 기림을 받는 시인, 예언자로 군림하였고, 이 동아리의 지도자 격이었던 아서 헨리 핼럼 Arthur Henry Hallam과 강렬한 우의를 맺었다(핼럼은 그 후 테니슨의 누이동생과 약혼하였다).

1831년 부친의 사망에 따른 경제적 곤란으로 테니슨은 케임브리지를 그만두고 전통적인 시인의 궁핍을 맛보게 되었다.

시인의 수난은 계속된다. 낙향한 이듬해에 낸 그의 시집에 대한 평론계의 악평에도 불구하고 그는 시에의 집착을 오히려 공고히 할 수 있었으나, 그 이듬해(1833년) 가을, 친우며 장래의 매제인 핼럼이 22세의 아까운 나이로 이탈리아 여행중 급사했다는 비보에 접했을 때 그는 절망의 심연에 빠져 오랫동안 헤어나올 수가 없었다.

핼럼의 죽음은 친구의 죽음, 나아가서는 죽음 자체의 문제에 한정되지 않았다. 케임브리지에서 테니슨은 과학 사상, 과학 기술, 그로 인한 미래의 〈멋진 신세계〉에 상당히 매혹되었었다. 그러나 핼럼의 죽음은 과학적 지식, 기술의 발전이 무의미한 과학적 우주 속에 생존하는 인간에게 궁극적으로 무슨 의미가 있는가 하는 현대의 전형적인 회의를 불러일으켰다. 그는 전통적 예술, 철학, 종교가 가르치고 가다듬은 인간의 영혼과 그 가치의 세계 속에 새로운 과학 지식을 쉽게 수용할 수 없음을 뼈저리게 느꼈다.

그는 안온한 마음으로 시를 쓸 수 없었다. 침묵이 강요되었다. 그러나 그는 죽음에의 유혹과 두려움이 빚는 아픈 갈등을 통하여 상처

투성이의 인생을 차차 긍정하기 시작했다. 그는 바깥 세상에 대해서는 침묵하였지만 홀로 자기 영혼의 방황을 엄격히 통제된 4행시로써 내밀한 일기 쓰듯 기록하고 있었다.

1850년, 핼럼이 죽은 지 17년 만에, 드디어 그는 그『추념의 시 *In Memoriam*』를 내놓았다. 서시와 에필로그를 합하여 133편의 사색적 서정시를 한데 묶은 이 장시는 세계 문학의 금자탑의 하나임에 틀림없다. 테니슨은 일약 당대 최고의 시인, 예언자, 정신적 지도자로 추앙되어 워즈워스를 이어 계관 시인 Poet Laureate으로 임명되고, 수입도 넉넉해져서 13년간이나 돈이 없어서 못했던 늙은 약혼녀와의 결혼도 했다. 이후 그의 모든 작품은 언제나 요샛말로 베스트 셀러가 되었다. 시골풍의 기이한 옷차림, 거구의 몸집, 굵은 목소리의 이 시인은 모든 영국민의 가장 친근한 존재가 되었다. 빅토리아 여왕은 그의 시를 좋아한 나머지 그에게 남작 Baron의 작위까지 주어, 그는 테니슨 경 Lord Tennyson이 되는 세속적 명예까지 누리게 되었다. 그 이후의 작품으로는 대중의 기호에 지나치게 영합했다는 평을 듣는「이녹 아든 Enoch Arden」,「왕의 목가 Idylls of the King」등이 있고「메리 여왕 Queen Mary」등의 희곡이 있다.

테니슨은 사상가라기보다는 사색인이며, 그보다는 물론 말을 기막히게 다루는 시인이었다. 시적 기교에 있어 그를 넘어설 시인은 그리 많지 않다. 그러나 위대한 시인의 말의 기교는 빈 껍질이 아니다. 그는 지극히 예민한 감수성으로써 현대인의 문제를 아프게 느꼈고 이 아픔은 말로써 적절히 형상화되기까지는 테니슨을 놓아주지 않았다.

현 시점에서 볼 때, 그의 문제는 모든 것이 상대적이고 찰나적이고 우연한 듯이 보이는 현대의 황무지에서 영속적인 마음과 지성의 지주를 추구하는 일이었다. 즉 그는 현대인의 선배 중의 하나였다. 과학의 배신을 개탄하는 우리들에 앞서서 괴로워한 테니슨과 우리는 보다 친근해질 수 있는 것이다.

이 번역에서 필자는 다소간 시적이려고 애썼다. 따라서 축자적 번역과는 거리가 있음을 밝힌다.

연보

1809. 8. 6   영국 링컨셔의 소머스비에서 목사의 아들로 출생.

1827(18세)   『형제 시집 *Poems by Two Brothers*』출간.

1828(19세)   케임브리지의 트리니티 대학 입학.

1829(20세)   창작시로 총장상 받음.

1830(21세)   『주로 서정시집 *Poems, Chiefly Lyrical*』출간, 악평 받음.

1831(22세)   부친 사망으로 낙향.

1832(23세)   친구 핼럼과 대륙 여행.

1833(24세)   핼럼 이탈리아에서 급사. 에밀리 셀우드Emily Sellwood 와 약혼. 『시집』출간.

1842(33세)   『시집』 2권 출간(과거의 작품을 개작하고 신작을 합침). 시인으로 명성을 굳힘.

1845(36세)   평생 공로 연금 받기 시작.

1847(38세)   장편 이야기시『공주』출간(1851년에 개작).

1850(41세)   『추념의 시』드디어 완성, 발표. 17년간 쓴 133편의 사색적 서정 연작시. 워즈워스의 뒤를 이어 계관 시인으로 임명됨. 에밀리와 드디어 결혼.

1855(46세)   독백 연애시『모드 *Maud*』출간.

1859(50세)   『왕의 목가』의 일부를 발표. 아서 왕의 업적을 당시의 대영제국의 애국적 국가관의 입장에서 노래함. 대중적 인기.

1864(55세)   가장 대중적 인기를 끈『이녹 아든』발표. 이 작품은 한국인도 익히 알고 있음.

1875(66세)   희곡『메리 여왕』발표. 이후 몇 편의 희곡을 창작함.

1884(75세)   빅토리아 여왕으로부터 남작의 귀족 칭호를 받음. 테니슨 경이 됨.

1885(76세) 『티레시어스, 기타 *Tiresias and other Poems*』 출간.
1892(83세) 『이노니 님프의 죽음, 기타 *The Death of Oenone and other Poems*』 출간. 10월 6일 사망. 웨스트민스터 사원 시인 묘지에 묻힘.

역자/이상섭
연세대 영문과 및 대학원 졸업
미국 에모리 대학 대학원 영문과 졸업(Ph. D.)
1962년 이래, 연세대 영문학과 교수
저서 『문학 연구의 방법』, 『문학비평용어 사전』, 『언어와 상상』, 『르네상스와 신고전주의 비평』, 『복합성의 시학: 뉴크리티시즘 연구』, 『자세히 읽기로서의 비평』 등
역시집 『윌프레드 오웬 시전집』, 『셰익스피어 시선집』, 『딜런 토머스 시선집』 등

세계시인선 24

눈물이, 부질없는 눈물이

1판 1쇄 펴냄 1975년 8월 15일
1판 4쇄 펴냄 1987년 8월 15일
2판 1쇄 펴냄 1995년 6월 10일
2판 3쇄 펴냄 2013년 9월 20일

지은이 A. 테니슨
옮긴이 이상섭
발행인 박근섭, 박상준
편집인 장은수
펴낸곳 (주)민음사
출판등록 1966. 5. 19. 제16-490호
서울시 강남구 신사동 506 강남출판문화센터 5층(135-887)
대표전화 515-2000 팩시밀리 515-2007
www.minumsa.com

ISBN 978-89-374-1824-2 04840
ISBN 978-89-374-1800-6 (세트)